AF355854

Vente du Jeudi 15 Décembre 1892

A DEUX HEURES PRÉCISES

Hôtel Drouot — Salle n° 8

DESSINS ORIGINAUX

PROVENANT DU

"Fin de Siècle"

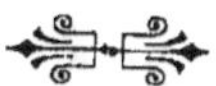

EXPOSITION PUBLIQUE

le Mercredi 14 Décembre

de 1 h. 1/2 à 6 h.

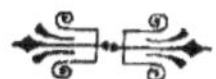

Me Jules PLAÇAIS	M^e Ed. KLEINMANN
COMMISSAIRE-PRISEUR	EXPERT, MARCHAND DE DESSINS
5, Rue Hippolyte-Lebas, 5	8, Rue de la Victoire, 8

PARIS — 1892

Catalogue des Dessins

MIS EN VENTE

à l'Hôtel Drouot, Salle n° 8

LE JEUDI 15 DÉCEMBRE 1892

Abeillé (J.).
Balluriau (P.).
Belon (J.).
Bobb.
Capy (Marcel).
De Feure.
Fal.

Falco.
Lapierre (Ch.).
Lourdey.
Lunel (F.).
Pouf.
Radiguet (M.)
Redon (G.).

Saint-Maurice.

Mᵉ Jules PLAÇAIS
Commissaire-Priseur
5, Rue Hippolyte-Lebas, 5

Mᵉ Ed. KLEINMANN
Expert, Mᵈ de Dessins
8, Rue de la Victoire, 8

Exposition Publique le Mercredi 14 Décembre

CONDITIONS DE LA VENTE

Elle se fera au comptant.

Les acquéreurs paieront, en sus des adjudications, cinq centimes par franc.

Les dessins sont vendus avec interdiction formelle du droit de reproduction.

Me Kleinmann se charge des commissions des personnes qui ne pourraient assister à la vente.

DESSINS

ABEILLÉ (J.)

1. Elles.
2. Don Juan vaincu.
3. Toilettes d'hiver.
4. Ces Dames.
5. La Rentrée.

BALLURIAU (P.)

6. Les Marionnettes de l'année.
7. Væ Victis.
8. Actualité rétrospective.
9. Au Pays du lapin.
10. Celles qui fument.
11. Vadrouille.
12. La Drogue de Messire Diable.
13. Le Chat et le Rapt.
14. Sabbat !
15. Franche lippée.

72. Noël !
73. Grandeur et décadence.
74. Chez Gugusse.
75. Pour la Ligue.
76. Amour et ridicule.
77. Dura lex.
78. Décolletage officiel.
79. Reine du battoir.
80. Les Douches.
81. Vendanges.
82. La Bonne Aventure, oh ! guet.
83. Comment elles prennent leurs puces.
84. Oh ! bath ! la môme !
85. Calvaire.
86. Bohèmes.
87. Villégiature.
88. Foire aux jambons.
89. Constatation !
90. Emancipation.
91. Les Tribulations de M. Mouton.
92. Comment elles se retroussent.
93. L'Etoile.
94. V'là Carnaval.

BELON (J.)

95. Poètes et femmes de poètes.
96. Tailleur pour dames.

117. Les Avorteuses.
118. La Morale en actions.
119. Indiscrétions.
120. Nos vrais Ennemis.
121. Un Poseur.
122. Portrait pour l'autre.
123. Goutte de rosée.
124. Tonton Gille. — Un croquis (2 Pièces).
125. Mlle Vadrouille. — Un croquis (2 Pièces).

DE FEURE

126. Les Félines. — Encore un mariage perdu, le comte est d'un froid. — Laisse faire ton père, ma fille, il le tient.
127. Les Félines. — Ce n'était pas la peine de me faire espérer trois mois, pour arriver à me demander 10 louis !

FAL

128. Mouches. — Croquis sans légende, par Balluriau. (2 Pièces.)
129. Cigarettes. — Croquis sans légende, par Balluriau. (2 Pièces.)
130. Papier à lettres. — Croquis sans légende, par Balluriau. (2 Pièces.)

FALCO

131. En plein air. — Croquis sans légende, par Marcel Capy. (2 Pièces.)
132. Quelques réflexions de ces dames. — Croquis sans légende, par Marcel Capy. (2 Pièces.)
133. N'effeuillez pas la Marguerite. — Croquis sans légende, par Marcel Capy. (2 Pièces.)
134. Master Spleen s'ennuie. — Croquis sans légende, par Marcel Capy. (2 Pièces.)

LAPIERRE (Ch.)

135. Mort aux gosses.

LOURDEY

136. Comment elles s'enivrent.
137. L'Amour et l'Argent.
138. Les Chansons patriotiques.

LUNEL (F.)

139. Coup de vent.
140. Amour et Patinage.
141. Un Fait divers.
142. Pour lâcher son crampon !
143. Les Violettes.

POUF

144. La Sainte Ligue. — Croquis sans légende, par Balluriau. (2 Pièces.)
145. Conte du siècle dernier. — Croquis sans légende, par Balluriau. (2 Pièces.)

RADIGUET (M.)

146. Le Lézard heureux. — Croquis sans légende, par Marcel Capy. (2 Pièces.)
147. Une Sale Blague. — Croquis sans légende, par Marcel Capy. (2 Pièces.)
148. Noble Etranger. — Croquis sans légende, par Marcel Capy. (2 Pièces.)
149. Croquis. — Croquis sans légende, par Marcel Capy. (2 Pièces.)

REDON (Georges)

150. L'Hiver chez soi. — Croquis sans légende, par Balluriau. (2 Pièces.)
151. En chasse.
152. Silhouettes.
153. Hors barrière.
154. Moralité.
155. Souvenir des manœuvres.

156. Pour un homme. — Croquis sans légende,
     par Balluriau. (2 Pièces.)
157. Le Justicier. (3 Pièces.)

SAINT-MAURICE

158. Etoiles.

DESSINS SANS LÉGENDES

159. BALLURIAU. (3 Dessins.)
160. BALLURIAU. (3 Dessins.)
161. BALLURIAU. (3 Dessins.)
162. BALLURIAU. (4 Dessins.)
163. MARCEL CAPY. (3 Dessins.)
164. MARCEL CAPY. (4 Dessins.)
165. POUF. (5 Croquis divers. — 3 Croquis. —
     8 Pièces.)
166. RADIGUET. (7 Dessins.)

M^e ED. KLEINMANN, *Expert, Marchand de Dessins,
8, Rue de la Victoire, Paris, se charge des
commissions des personnes qui ne pourraient
assister à la vente.*

Paris. — Imp. Schiller, 10, faubourg Montmartre.